Knife at Midnight

Saito Daiyu

collection

真夜中のナイフ

斎藤大雄川柳句集

新葉館出版

Knife at Midnight Contents

真夜中のナイフ
Knife at Midnight

Beautiful Trap

美しい罠

人形の涙よ愛を受け入れず

情死する夜もきらきら金魚たち

ルートでは解けない雪の中の恋

夕陽真っ赤ムンクの叫び届かない

夜の氷柱月へ殺意をキラリ見せ
サランラップ包んだ恋は逃がさない

君の名を日記で殺す静けさよ

恋覚める二つの骸二つの死

愛ひとつダリの抽斗開けてみる

自動ドアくるくる愛が外に出る

風船のふくらみじっと針が待ち

致死量が二つあの世の話する

真夜中のナイフ眠れぬ夜がつづき

包丁が光って秋を食べてます

いくたびの殺意よ包丁眠ってる
酔眼へ出刃持つ女が立っていた

殺意キラリ砥石に水を少し足し

またひとり殺して刻む笑い皺

粉雪と進む終身刑のふたり

膨らんだ風船ふっと湧く殺意

闇少し動く二人が現れる

これ以上逢わぬかしこと結び闇

闇で逢うことば少なく闇に消え

保護色となって女の業溜まる

おんな疲れて夕陽の真ん中に座る

鏡割る無敵の私泣いている

易の灯がじっと待ってる悲しい手

落石注意待っていますよ恋ひとつ

秋の陽を溜めて果実のコンサート

猫二匹むつまじくいる寺の屋根

分解をすれば悲しい万華鏡

姿焼き命を突つく美女の箸

スリッパが一つ不思議に置いてある

稲光うなじの白を置いて消え

美しい罠だはまってみたくなる

さくらさくら待ってる老女の冬の部屋

日傘くるくる少女女になりました

保護色を忘れて眠る雪うさぎ

雪虫ふわり私の髪と貴方の髪と

角砂糖孤独な泡が一つ浮き

Corpse that ant pulls
蟻が引く骸

真夜中のふたりを見てる猫がいる

破れてるページに同じ過去を秘め

例えばの愛ではしゃいで酒二合
一瞬を寡黙にふたり孤にもどる

Ｅメールだから本当に好きと打ち
神に背を向けて本当の恋を抱き

逢いたいと思う孤独を抱いて寝る

猛吹雪約束が来た眼が泣いた

心臓の音が溢れる恋さんさん
指と指やっぱり好きな人である

■

霊魂よ悪魔よ死なぬ老詩人

夢をまだ書いてる夜を生きている

明けガラス徹夜の馬鹿を嘲笑い

本だけを積んで一字も書けずいる

パレットを閉じる白より白い雪に負け

深夜二時やめろよ飲めとノック来る

生きる俺死ぬ俺といる原稿紙

考えたすえで白紙の答案紙

キーワード美文ができて他人めき

イエスとは言わぬ笑顔を見せただけ

誰か死ぬ屋根のカラスがうるさ過ぎ

生きる音死ぬ音夜の原稿紙

待つ顔へ待たせた顔が瞳で詫びる

ふたありに会話をくれた赤トンボ

いい人にされいい人のままで酔い

読み返し読み返しても愛がない

接続詞言わねばここで愛終る

空っぽの頭になれぬ恋もんもん

闇に文字描いて蛍の恋終る

なんとなく落ち着くひとといて眠る

図書館の破れたページにあるドラマ

おたがいに優しくなった死の話

約束を守りましたよ花枢

輪ゴムにも命があった音で切れ

矢印がしっかりとある黄泉の道

鬼は死を知ってはしゃいで酒ほろろ

予定表びっしり死ぬ日入れていず

焼却炉仏にされる順を待ち

地獄這う人間見てただけの鳩

■

蟻が引く骸わたしの骸かも

Grandma's magic.

おばあちゃんの魔法

白い壁少し汚れて一人死に

目を閉じる過去がだんだん満ちてくる

いのちほろほろ小鬼ひとつを飼ってみる

アスファルト孤独を拾う石一つ

墓石がかすかに刻む名が一つ

水洗の音よ涙を流し切り

無人駅出迎えたのは小犬だけ

かさぶたの隙間に俺が生きていた

強敵が一人鏡の中にいる

屋上でひとりの時間雲といる

言えぬことばかりだ石を抱いて寝る

影先に帰して一人酔っている

独り飲むいのちを削る音と飲む

眉の無い顔とばったりゴミ袋

■

久し振り絡みあってる洗濯機

犬の鼻別れ話を聞いている

ピカソにはならぬが廃墟には出来る

死者の数料理番組春うらら

人間を疑うためのドアチェーン

ばあちゃんの魔法が欲しい墓洗う

叱られた分を叱っておままごと

人形の髪が伸びてる娘の病

雪虫が舞うふるさとへ旅鞄

道草に覗く暖簾にいつもの娘

江戸からの人形が笑む骨董屋

いい話月と唄って独り道

世辞の雨後ろの正面誰もいず

つまずいて何か言ってる足の裏

人間になろうなろうと修羅重ね

生きているいのちなんにもできずいる

美しい人だ魔性も秘めている

a silent call
無言電話

無言電話吹雪の音が聞こえてる

ジョーカーが来た鼻先が笑ってる

嫌な夢つづく枕を抱いて寝る

おしゃべりが黙る裏切者が来る

裸婦ひとり眠らず夜の美術館

人形の眸がでかい闇の中

ラッシュアワー人がぼろぼろ落ちてくる

自問自答枕の鬼と練る殺意

果し状二人の女からもらい

ページ一枚破った謎の白昼夢

ワイングラス小指に愛を見せて干し

どの顔も冬になってる交差点

嘘と嘘男と女愛と罪

椿ぽとり憎い男を許さねば

■

悔いひとつ夜と遊んだしろい壁

恋人がいたらと思う赤ワイン

傘だけを残してそれっきりの愛

スリッパが替る男も替ってる

バーゲンに出しても売れぬ濡れ落ち葉

■

本当の自由があった最後尾

あとがき

このたび、句集「真夜中のナイフ」を上梓する運びとなった。本書をまとめるにあたり、平成11年から15年の5年間の作品を新葉館出版の雨宮朋子さんに一任し、一冊の句集としてもらった。こうして引き出されてきた作品からは、やはりというべきか、情念の世界が光彩を放っていた。結果として、情念の世界は川柳の体臭として私に染み込んでいるものだけにどうすることもできないものなのだと思い知らされた次第である。

川柳作品を横書きにした句集は初めての試みである。インターネット、携帯メールなど世に溢れ出した昨今の活字はその多くが横書きである。読みやすさ、親しみやすさの面で、手軽に手に取ってもらいたい、そんな思いがあった。そしてこれからきっと普及して行くであろう横書き川柳の第一歩となればという思いもある。賛否両論があることは否めないが、その結果は歴史が決めてくれることであろう。

これまで川柳選集「冬のソネット」、句集「春うらら雪のんの」など、情念の句集を上梓してきたが、今回の句集「真夜中のナイフ」では、情念の極致に達したような気がする。これは年齢的なものもあるが、男と女の世界を両性の見地からうたうことができたからではないか。そろそろ枯れてもいい年齢になってきたのだが私の文学的志向は情念から逸脱することはできないのかもしれない。

川柳の生き方として「情念の世界」から「現代大衆川柳論」を展開して3年が経過した。本書はその過程で昨年11月に戴いた札幌芸術賞の受賞記念として出版することにしたものである。雨宮朋子さんに5年間分の作品を渡して選句、構成、タイトル、装丁など一切をお任せしたところ、現代に生きる情念の世界として纏めてくれた。読者のくったくのない意見をいただければ、これからの川柳の生き方に参考になるのではないかと思う。最後に上梓にあたって新葉館出版のスタッフ一同に敬意と謝意を表する次第である。

2005年7月　　　　札幌・詩碧洞にて　　著者

【著者略歴】

斎 藤 大 雄（さいとう・だいゆう）

1933年札幌市生まれ。現在・札幌川柳社主幹。北海道川柳連盟会長。日本川柳ペンクラブ副会長。(社)全日本川柳協会常務理事。

著書・句集「根」（共著・昭39）、「川柳講座」（昭41）、柳文集「雪やなぎ」（昭46）、句集「喜怒哀楽」（昭49）、句集「逃げ水」（昭54）、「北海道川柳史」（昭54）、「現代川柳入門」（昭54）、柳文集「北の座標」（昭58）、「川柳の世界」（昭59）、句集「刻の砂」（昭60）、「川柳のたのしさ」（昭62）、「残像百句」（昭63）、「斎藤大雄句集」（平3）、「情念句」（平4）、「川柳ポケット辞典」（平7）、「現代川柳ノート」（平8）、「情念の世界」（平10）、「斎藤大雄川柳選集・冬のソネット」（平11）、「川柳入門はじめのはじめのまたはじめ」（平11）、「選者のこころ」（平13）、「川柳はチャップリン」（平13）、「斎藤大雄川柳句集 春うらら雪のんの」（平14）、「川柳入門はじめのはじめのまたはじめ（改訂版）」（平14）、「現代川柳こころとかたち」（平15）、「名句に学ぶ 川柳うたのこころ」（平16）、「田中五呂八の川柳と詩論」（平16）。

真夜中のナイフ

○

平成 17 年 8 月 31日 初版

著 者

斎 藤 大 雄

発行人

松 岡 恭 子

発行所

新 葉 館 出 版

大阪市東成区玉津1丁目9-16 4F 〒537-0023

TEL06-4259-3777 FAX06-4259-3888

http://shinyokan.ne.jp E-Mail info@shinyokan.ne.jp

印刷所

FREE PLAN

○

定価はカバーに表示してあります。

ISBN4-86044-258-X

A

それは、お年寄りの目の輝きです。具体的に言えば、「表情に精彩があり、目がイキイキしているか」ということになります。そのうえで、お年寄りの笑い声がこだましているような介護施設であれば理想的です。

相談者がよく見ている特養は、幼稚園と小学校が併設されているそうですが、小さなお子さんたちとの交流があるのはいい環境だと思います。施設を訪問するとすぐにわかることですが、老いて生きがいを失ったお年寄りは目が死んでいるものです。「わしはもうダメだ」「こんな体になってしまった」「もう死んだほうがましだ」と思っているお年寄りを放置した施設が、いい施設であるはずがありません。

お年寄りの目が輝いている施設は、そうした主体の崩壊を未然に防いでいるか、立て直しています。**大切なことは、お年寄りが中心になることです。その裏では、介護職がお年寄りを立てるいい働きをしています。**

三好 春樹（みよし　はるき）
1950年生まれ。生活とリハビリ研究所代表。1974年から特別養護老人ホームに生活指導員として勤務後、九州リハビリテーション大学校卒業。ふたたび特別養護老人ホームで理学療法士(PT)としてリハビリテーションの現場に復帰する。年間150回を超える講演と実技指導で絶大な支持を得ている。
著書に、『認知症介護 現場からの見方と関わり学』『関係障害論』（以上、雲母書房）、『老人介護 じいさん・ばあさんの愛しかた』（新潮文庫）、『在宅介護応援ブック 認知症ケアQ＆A』『在宅介護応援ブック 介護の基本Q＆A』『完全図解 新しい認知症ケア 介護編』『完全図解 新しい介護 全面改訂版』『完全図解 介護のしくみ 改訂新版』『介護タブー集』『認知症介護が楽になる本 介護職と家族が見つけた関わり方のコツ』『最強の老人介護』（以上、講談社）など多数。

東田 勉（ひがしだ　つとむ）
1952年生まれ。コピーライターとして制作会社数社に勤務後、フリーライターとなる。2005年から2007年まで、介護雑誌の編集を担当。医療、福祉、介護分野の取材や執筆多数。著書に『認知症の「真実」』『完全図解 介護のしくみ 改訂新版』（三好春樹氏との共著）『それゆけ！ おやじヘルパーズ』(以上、講談社)がある。

在宅《ざいたく》介護《かいご》応援《おうえん》ブック
いざという時《とき》の介護《かいご》施設《しせつ》選《えら》びQ＆A　　介護ライブラリー

発行日 —— 2015年 4 月15日　第1刷発行

著　　者 ——————— 三好春樹《みよしはるき》
編集協力 ——————— 東田《ひがしだ》 勉《つとむ》
装　　幀 ——————— 大野リサ
本文・カバーイラスト— 秋田綾子

発行者 —— 鈴木 哲
発行所 —— 株式会社講談社
〒112-8001　東京都文京区音羽2-12-21
電話　出版部　03-5395-3560
販売部　03-5395-3622
業務部　03-5395-3615
印刷所 —— 凸版印刷株式会社
製本所 —— 株式会社若林製本工場

ISBN978-4-06-282469-9　N.D.C.493.7 191p 19cm